La cavalière
des steppes

Jean-Pierre Courivaud est né en 1963. Il vit dans un petit village du Nord avec sa femme et leurs trois enfants : Joséphine, Robinson et Cyprien.

Il est enseignant et, parallèlement, il écrit des récits pour la jeunesse.

Du même auteur chez Bayard Poche :

Un fantôme à la bibliothèque - Rentrée sur Galata (Mes premiers J'aime lire)

Clément Devaux est né en 1979 à Pontarlier. Après un BTS de communication visuelle, il intègre l'École des Arts décoratifs, section illustration. Il a collaboré à une dizaine d'ouvrages pour enfants, notamment chez Nathan et Gallimard, et travaille également pour la presse jeunesse. Il est l'illustrateur de la bande dessinée *Anatole Latuile* pour Bayard.

© 2009, Bayard Éditions Jeunesse
© 2005, magazine *Mes premiers J'aime lire*
Tous les droits réservés. Reproduction, même partielle, interdite.
Dépôt légal : janvier 2009
ISBN : 978-2-7470-2768-7
Loi du 16 juillet 1949 sur les publications destinées à la jeunesse.

La cavalière des steppes

Une histoire écrite par Jean-Pierre Courivaud
illustrée par Clément Devaux

mes premiers
j'aime lire
bayard poche

Chapitre 1

Le cheval
à la crinière d'argent

Oulane vivait avec sa famille dans une yourte* en Mongolie. Son père élevait des chevaux. Comme tous les Mongols, Oulane avait appris très jeune à monter à cheval et elle aidait à surveiller les troupeaux.

* Yourte : tente ronde dans laquelle vivent certains habitants d'Asie.

Oulane possédait un cheval qui s'appe-
lait Sulken. Sa crinière avait l'éclat de l'argent. Sulken était si rapide que, lorsqu'il
galopait, Oulane avait l'impression de
glisser sur l'herbe rase de la steppe* !

* Steppe : grande plaine sèche, sans arbres et avec très peu de plantes.
Il y en a en Russie, en Mongolie…

En ce temps-là, Sugaï-Qan, le chef des Mongols, était parti à la guerre avec son armée, combattre Burist-le-Sibérien. En son absence, il avait confié son royaume au seigneur Kazoul.

Hélas, Kazoul était un homme ambitieux et fourbe. Il était devenu un tyran qui n'hésitait pas à punir cruellement ceux qui lui désobéissaient.

Un jour, Kazoul traversa le campement où vivait Oulane. Lorsqu'il vit Sulken et sa crinière argentée, il s'exclama :

– Ce cheval est magnifique ! Il est digne d'un chef…

Et il ordonna qu'on lui amène le cheval. Oulane sentit son cœur se serrer. Car elle aimait Sulken comme un frère.

– Seigneur, ne prenez pas mon cheval ! supplia-t-elle.

Kazoul dévisagea sévèrement Oulane et il s'écria :

– Écarte-toi !

Puis il la poussa brutalement et saisit Sulken par la bride. Mais Sulken prit peur. Il se cabra et bouscula Kazoul.

Oulane calma Sulken et dit à Kazoul :

– Vous voyez. Il n'obéit qu'à moi !

Humilié et furieux, Kazoul ordonna à ses soldats :

– Arrêtez-la !

Chapitre 2

Plus vite, Sulken !

Les soldats arrêtèrent Oulane et sa famille. Ils emmenèrent aussi tous les chevaux.

Lorsque Oulane et sa famille arrivèrent au campement de Kazoul, ils furent ligotés et jetés dans une tente avec d'autres prisonniers.

L'un des prisonniers dit à Oulane :

– Kazoul est un traître, il veut prendre la place de Sugaï-Qan. Il prépare en secret une armée puissante. Et lorsque Sugaï-Qan reviendra de guerre, Kazoul lui tendra un piège !

Oulane s'exclama :

– Il faut prévenir Sugaï-Qan !

– Chuuut ! murmura le prisonnier. Si Kazoul nous entend, il nous fera trancher la gorge !

La nuit tombait sur le campement. Au loin, retentirent les hurlements d'une meute de loups. Oulane frissonna de peur. Soudain, elle entendit les hennissements de son cheval. Sulken était nerveux, lui aussi. Jamais encore Oulane et Sulken n'avaient été séparés.

Le lendemain, un garde conduisit Oulane devant la tente de Kazoul.

La jeune fille tremblait de peur. Elle pensait :

« Il va me trancher le cou ! »

Soudain, elle vit Kazoul. Il chevauchait Sulken. Il passa devant Oulane en agitant son fouet.

– Tu vois, cria-t-il. Ton cheval m'obéit, maintenant !

Sur les flancs de Sulken, Oulane remarqua des traces laissées par des coups de fouet. Elle comprit que Kazoul avait frappé son cheval. Elle sentit alors la révolte bouillonner dans ses veines. D'un bond, elle se dressa et cria de toutes ses forces :

– SULKEN !

Le cheval se cabra. Surpris, Kazoul fut désarçonné* et roula dans la poussière. Sulken partit au galop. Oulane agrippa sa crinière et sauta sur son dos en pleine course.

Puis elle s'enfuit du campement et fila vers la plaine.

Kazoul se mit à crier :

– Rattrapez-la !

* Désarçonné : jeté hors de la selle d'un cheval.

Aussitôt, ses hommes se lancèrent à la poursuite d'Oulane. Tout en galopant, ils décochaient des flèches. Oulane les entendait siffler au-dessus de sa tête.

Elle se coucha sur l'encolure de son cheval et s'écria :

– Plus vite, Sulken !

Sulken se fit encore plus rapide. Ses sabots touchaient à peine le sol.

Il semblait glisser sur la plaine comme l'ombre vive du faucon. Il filait plus vite que les cavaliers, plus vite que leurs flèches, plus vite que le vent !

Oulane et Sulken échappèrent à leurs poursuivants. Ils galopèrent durant des jours et des jours.

Pour manger, Oulane attrapait des poissons dans le fleuve. La nuit, elle dormait contre Sulken, qui la protégeait du vent glacial de la steppe.

Chapitre 3

Le retour de Sugaï-Qan

Un matin, Oulane fut réveillée par un grondement de tonnerre qui roulait dans la plaine. Et, soudain, elle vit l'armée de Sugaï-Qan, le chef des Mongols. Le sol tremblait sous le galop des milliers de chevaux. Les cavaliers avaient vaincu Burist-le-Sibérien et ils rentraient victorieux.

Oulane décida d'aller à leur rencontre.

Sulken se dressa sur ses pattes arrière. Le soleil se reflétait sur sa crinière d'argent et lançait des éclairs de feu.

L'armée mongole s'arrêta dans un énorme fracas de sabots et de hennissements.

Les cavaliers s'écartèrent. Et sous leurs étendards* qui claquaient au vent, apparut le grand Sugaï-Qan. Le cœur d'Oulane se mit à battre très fort lorsqu'il s'avança vers elle. Il avait le visage dur des grands guerriers.

Il fixa la jeune cavalière et s'écria :
– Qui es-tu pour oser m'arrêter ?

* Étendards : drapeaux utilisés par les soldats qui partent à la guerre.

Oulane balbutia :

– Je… je m'appelle Oulane et je viens t'avertir que tu es en danger !

Sugaï-Qan éclata de rire :

– Ha, ha, ha ! J'ai vaincu Burist-le-Sibérien ! Connais-tu un ennemi plus dangereux ?

– Oui, répondit Oulane, un traître !

Sugaï-Qan cessa aussitôt de rire. Et il écouta la jeune fille raconter son histoire.

Alors, Sugaï-Qan divisa son armée en deux et partit vers le campement de Kazoul.

Lorsque Kazoul vit Sugaï-Qan revenir avec aussi peu de guerriers, il ricana :

– Hé, hé, hé ! Une grande partie de son armée a été détruite. Je vais le battre facilement.

Et Kazoul rassembla tous ses soldats.

Mais, au moment où les troupes de Kazoul allaient attaquer, le reste de l'armée de Sugaï-Qan surgit de tous les côtés. Et elle encercla les traîtres !

Quand Kazoul aperçut Oulane, il comprit qu'à cause d'elle, il avait tout perdu. Les soldats de Kazoul se rendirent sans combattre. Le traître était vaincu.

Sugaï-Qan fit libérer tous les prisonniers. Oulane se jeta dans les bras de son
père, qui la serra très fort. Il était telle-
ment heureux de la revoir vivante !

Sugaï-Qan s'approcha de Sulken et s'exclama :

– Oulane, ton cheval est magnifique. Il
est digne...

À ces mots, Oulane frémit. Mais Sugaï-Qan ajouta :

— Il est digne d'une cavalière aussi courageuse que toi !

Réfléchir et comprendre
la vie de tous les jours

La reine
de la récré

Sonia la colle

Rire et sourire
avec des personnages insolites

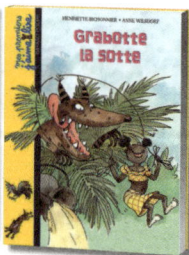

Minouche
et le lion

Grabotte
la sotte

Se faire peur et frissonner
de plaisir

La nuit
de la rentrée

Un fantôme
à la bibliothèque

Rêver et voyager
dans des univers fabuleux

Rentrée
sur Galata

Le trésor
du roi qui dort

Se lancer dans des aventures
pleines de rebondissements

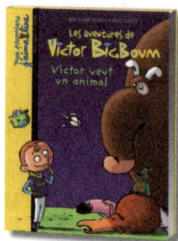

Les aventures de
Victor Big Boum
Victor veut
un animal

Attention,
voilà Tipota !

© Eric Gasté

Presse

Mes premiers J'aime lire, un magazine **spécialement conçu pour accompagner les enfants du CP et du CE1** dans leur apprentissage de la lecture.

Un rendez-vous mensuel avec **plusieurs formes et niveaux de lecture :**
- une histoire courte
- un vrai petit roman illustré inédit
- des jeux et la BD Martin Matin

Avec un **CD audio** pour faciliter l'entrée dans l'écrit.

Chaque mois, les **progrès de lecture de l'enfant sont valorisés**, du déchiffrage d'une consigne de jeux à la fierté de lire son premier roman tout seul.

Réalisé en collaboration avec des orthophonistes et des enseignants.

Pour en savoir plus : www.mespremiersjaimelire.com

Bayard JEUNESSE

J'AIME LIRE Des premiers romans à dévorer tout seul !

Édition

Réfléchir et comprendre la vie de tous les jours

Se faire peur et frissonner de plaisir

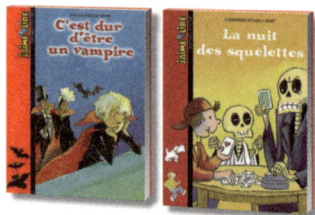

Rêver et voyager dans des univers fabuleux

Rire et sourire avec des personnages insolites

Se lancer dans des aventures pleines de rebondissements

Tes histoires préférées enfin racontées !

J'écoute **J'AIME LIRE**

Presse

7-10 ANS

Le magazine *J'aime lire* accompagne les enfants dans des **grands moments de lecture**

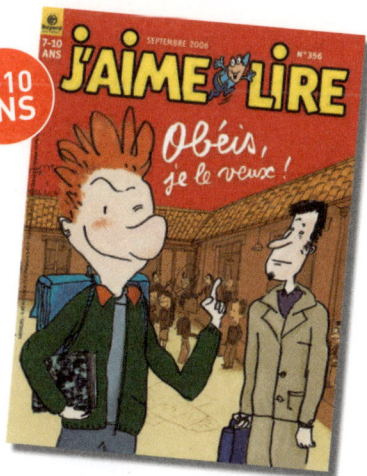

Une année de *J'aime lire*, c'est :

- 12 romans de genres toujours différents : vie quotidienne, merveilleux, énigme...

- Des romans créés pour des enfants d'aujourd'hui par les meilleurs auteurs et illustrateurs jeunesse.

- Un confort de lecture très étudié pour faciliter l'entrée dans l'écrit : place de l'illustration, longueur du roman, structuration par chapitres, typographie adaptée aux jeunes lecteurs.

Chaque mois : un roman illustré inédit, 16 pages de BD, et des jeux pour découvrir le plaisir de jouer avec les mots.

Maître du monde

J'ai toujours aimé la magie. Et si j'avais été magicien, j'aurais commandé : « Abracadabra ! Faites que lundi, il n'y ait pas de rentrée des classes! »

Cette rentrée, je ne la sentais pas bien du tout.

Pour en savoir plus : www.jaimelire.com

Achevé d'imprimer en décembre 2008 par Pollina
85400 Luçon - N° Impression : L48553A
Imprimé en France